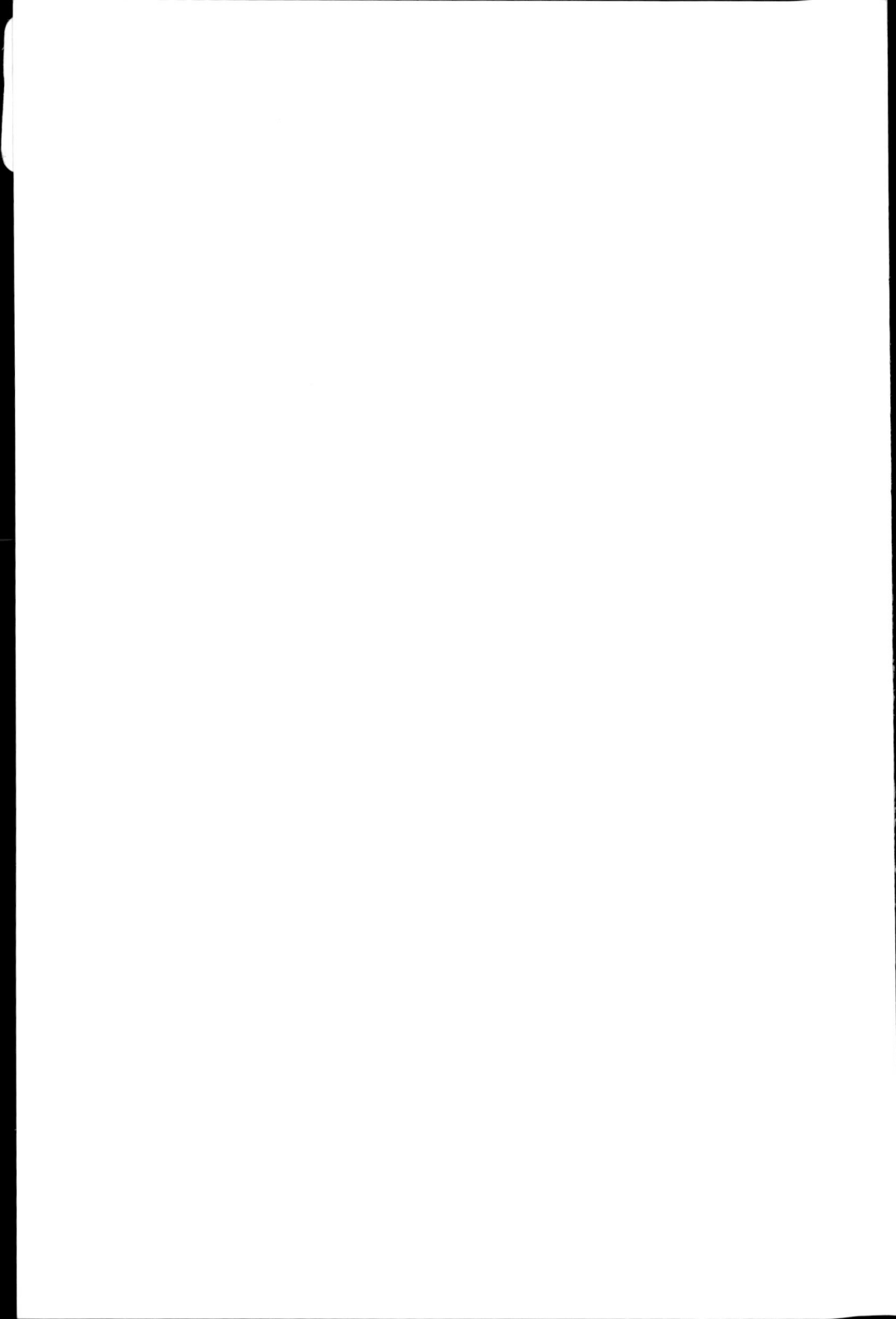

倪宏伟 著

唐代百首经典古诗抒情

大连出版社

DALIAN PUBLISHING HOUSE

© 倪宏伟 2025

图书在版编目（CIP）数据

唐代百首经典古诗抒情 / 倪宏伟著 . -- 大连 : 大连出版社 , 2025. 1. -- (西康文学·名家作品集). ISBN 978-7-5505-2326-5

Ⅰ . I22

中国国家版本馆 CIP 数据核字第 2025BD8533 号

出　品　人：王延生　　　　　封 面 设 计：陈保全
策 划 编 辑：王德杰　　　　　责 任 校 对：刘雅君
责 任 编 辑：王德杰　张海玲　责 任 印 制：刘正兴

出版发行者：大连出版社
　　　地址：大连市西岗区东北路 161 号
　　　邮编：116016
　　　电话：0411-83620573 / 83620245
　　　传真：0411-83610391
　　　网址：http : // www.dlmpm.com
　　　邮箱：dlcbs@dlmpm.com
印　刷　者：三河市中晟雅豪印务有限公司

幅 面 尺 寸：145 mm × 210 mm
印　　　张：4.625
字　　　数：58 千字
出 版 时 间：2025 年 1 月第 1 版
印 刷 时 间：2025 年 1 月第 1 次印刷
书　　　号：ISBN 978-7-5505-2326-5
定　　　价：35.00 元

序　言

谱写新时代的"雨城唐诗"

张　燕

悠悠五千年，泱泱大中华。在恢弘的历史长河中，丰富多彩的优秀传统文化构建了中华文明的基石。

习近平总书记指出："中华优秀传统文化是中华文明的智慧结晶和精华所在，是中华民族的根和魂，是我们在世界文化激荡中站稳脚跟的根基。""优秀传统文化是一个国家、一个民族传承和发展的根本，如果丢掉了，就割断了精神命脉。"新的时代、新的征程需要赓续这种民族的根魂和精神血脉，弘扬传承中华优秀传统文化，这是我们义不容辞的责任和使命。

经典唐代诗歌作为中华优秀传统文化的重要部分，造就了文学艺术的巅峰，影响和发展了中国长盛不衰的诗歌艺术，成为中国文学史上一朵璀璨夺目的奇葩。弘扬传承唐代诗歌，让更多的人领悟唐诗的精髓，运用唐诗的成果，发展我们当代的诗歌艺术，已显得非常重要和紧迫。

文以载道，诗以言志。时代的更替前行，彰显了唐代诗歌的魅力和影响力，诗仙李白、诗圣杜甫等唐代诗人的作品，开创了唐代诗歌的繁荣盛世，至今仍然被人们津津乐道。领悟经典唐代诗歌的精髓,品味诗人们表达的思想、志向和情感的意境,让我们领略了古典诗歌的内在美,感受到了一千多年前诗人们的聪明才智。其抒写方式的多样化、多元化,蕴含独特的浪漫主义、现实主义色彩,也成为现代文学的启蒙。

"熟读唐诗三百首,不会作诗也会吟。"多少年来,人们习惯用古诗启迪教育儿女,让他们自幼就接触唐诗、背诵唐诗,提升他们的文学素养。在街头巷尾、江边河岸,我们常常听到背诵唐诗的童稚声音,蹒跚而行的小孩吟出了唐诗的韵味。唐代诗歌已浸润到我们工作生活的方方面面,公务活动和公文写作需要提升品位与层次,也常常引用经典唐诗,擢升沟通交流和公文写作的内涵。优秀传统文化深刻影响着一代又一代,惠及我们思想、品格和文学的综合素养,驱动了我们的能力建设。

雅安与唐诗有着不解之缘。李白在其诗作《峨眉山月歌》中云:"峨眉山月半轮秋,影入平羌江水流",描绘了青衣江(也称平羌江)澄澈的水面倒映的月影,意境朦胧深远。"鱼知丙穴由来美,酒忆郫筒不用酤。"杜甫的诗《将赴成都草堂途中有作,先寄严郑公五首》赞美了丙穴雅鱼味道鲜美。白居易的诗《琴茶》:"琴里知闻唯渌水,茶中故旧是蒙山。"展示了雅安的自然之美和深厚的茶文化底蕴,奠定了蒙顶山茶文化圣山的地位。孟郊的诗《凭周况先辈于朝贤乞茶》,虽然描述的是诗人的心境和经历,但提到的自然景观与雅安的自然风光相呼应。

"传承中华文化,绝不是简单复古,也不是盲目排外,而是古为今用、洋为中用、辩证取舍、推陈出新,摒弃消极因素,继承积极思想，'以古人之规矩，开自己之生面'，实现中华文化的创造性转化和创新性发展。"习近平总书记的谆谆教诲，为我们挖掘、传承、发展中华优秀传统文化的智慧结晶和思想精华指明了前进的方向。政协雅安市雨城区委员会、雨城区文化广播电视体育和旅游局、雨城区文学艺术界联合会以弘扬发展中华优秀传统文化为己任，由区政协机关干部倪宏伟执笔抒写了诗集《唐代百首经典古诗抒情》。诗集以唐代诗人李白、杜甫、白居易、王维、李商隐、元稹、杜牧、刘禹锡、王昌龄、李贺10人的古诗为创作基础，用现代诗的手法表达古诗的意境，让读者穿越文学的时空，重品唐代经典古诗的韵味，体验现代诗歌手法的创新，达到使中华优秀传统文化在继承中传承、在传承中发展的目的。

诗集共收录古诗108首、现代诗108首，古今呼应，相得益彰。让人非常欣慰的是，作者汲取唐诗的精髓和营养，用现代诗的手法进行创作，突破了文学思维的拘囿，是一次大胆的尝试和探索，实现了从背诵唐诗、运用唐诗到抒情写作的实践转变，呈现了当代诗歌与古典艺术融合的典范。

李白的诗《黄鹤楼送孟浩然之广陵》："故人西辞黄鹤楼，烟花三月下扬州。／孤帆远影碧空尽，唯见长江天际流。"此诗系李白的名篇之一，寓离情于写景，绘出了一幅意境开阔、情丝不绝、色彩明快、风流倜傥的送别场面。而现代诗《黄鹤楼抒怀》："山影触及水涯，有鹤展翅飞升／黄鹄矶上人去楼空／烟花三月，像一杯酒迷人的醇香／黄鹤楼前依依惜别故人／孤帆一叶，独念扬州盎然春意／世间命途多舛，唯知己难觅／眺望碧

蓝的天际 / 长江之水顷刻翻腾如潮 / 难疏心中五味杂陈，天际一线尚远 / 风的影子，已随波奔流而去。"该诗承继了古诗丰富的内涵，又拓展了古诗的外延，令人不觉称妙。杜甫的诗《春望》："国破山河在，城春草木深。/ 感时花溅泪，恨别鸟惊心。/ 烽火连三月，家书抵万金。/ 白头搔更短，浑欲不胜簪。"杜甫深受儒家思想的影响，"兼善天下""穷年忧黎元"的理念在诗中得到充分体现。而现代诗《春日如斜阳残照》："城门破碎，长安火光冲天 / 山河彷徨在朝廷的往事里 / 像孤独的花叶飘零 / 城内荒草萋萋，春日如斜阳残照 / 在风中摇摇欲坠 / 此时此景，满腹的感伤谁人能知 / 像花儿的泪溅落雨天 / 怅恨离别或许是尘世的流浪 / 鸟儿的悲鸣，让脆弱的内心惊惧不安 / 袅袅烽烟，三月未曾停息 / 一封家书珍贵无比 / 像亲人的思念，万金难买 / 头上白发越搔越少，发簪再无立足之地 / 仿佛国之屋脊，已在现实中坍塌。"该诗呈现了长安的破碎，油然而生的家国情怀，在当时的历史背景下显得尤为重要。白居易的诗《大林寺桃花》："人间四月芳菲尽，山寺桃花始盛开。/ 长恨春归无觅处，不知转入此中来。"广受赞誉，以新颖的立意、巧妙的构思和深邃的意境著称。而现代诗《古寺桃红》："人间四月，一片芳菲纷纷凋零 / 落尽滞留的残红 / 高山古寺的桃花，才刚刚盛装炫服 / 如羞涩的云朵 / 常为春光的消逝，无处寻觅而怅恨 / 感叹时光的指针划过年轮 / 却不知桃花已盛开在大林寺 / 聆听缥缈的梵音，如火焰般绽放。"该诗另辟蹊径，娓娓道来，有异曲同工之妙。王维的诗《鸟鸣涧》："人闲桂花落，夜静春山空。/ 月出惊山鸟，时鸣春涧中。"充满丰富的诗意和深远的文化内涵，展现了寂静之美、月色与鸣鸟交织的画面。而现代诗《月光浮动》："人生纵有闲情，并无颓废的欲念 / 一片暮色覆盖山峦的胸怀 / 春桂花无声坠落，仿佛盎然的生机 / 从空寂的土地长出悟性 / 月光浮动在树上，与沉默的叶子相拥 / 让栖息的鸟儿虚惊一场 / 溪涧穿过梦境，声音忽高忽低 / 如岁月流动不止。"在继承中完成了现代诗抒写，在空灵中捕捉到隽永的诗意。元稹的《离思五首·其四》："曾经沧海难为水，除却巫山不是云。取次花丛懒回顾，半缘修道半缘君。"采用巧比曲喻的手法，淋漓尽致地表达了主人公的深深恋情。而现代诗《沧海情深》："沧海之水，在于经历一段邂逅 / 从蔚蓝的碧波之中 / 阅尽大海蕴藏的一往情深 / 世间江河之水，就变得相形见绌 / 陶醉过巫山变幻莫测的云雨 / 情感已有终身的托付 / 再无兴致欣赏名山大川的风景 / 即使经过千姿百态的万花之丛 / 也无意回头顾盼花蕊 / 这缘由，一半是修道的净心无染 / 一半是因为拥有你。"该诗扩展诗意的想象，对爱情的忠诚专一进行了独特描绘。凡此启迪人们思维的事例，不胜枚举。诗集中现代诗作品的创新抒写，开拓了唐诗传承的新境界。

中华优秀传统文化的传承和弘扬任重而道远。我们将以此诗集的出版为契机，在宏观上强化优秀传统文化的宣传推广，在微观上躬身践行优秀传统文化的传播，积极探索传承弘扬和发展优秀传统文化的新途径，让优秀传统文化成为我们建设现代化新雨城的精神动力和智慧，谱写新时代的"雨城唐诗"。

（张燕，四川省雅安市雨城区政协主席）

V

古典与传承：诗写新时代的抒情

——简评诗集《唐代百首经典古诗抒情》

赵 华

与诗人倪宏伟结缘，源于好朋友、著名儿童科普科幻作家陆杨的牵线搭桥，源于倪宏伟几组诗歌对我的触动。为此，我即兴写了一篇评论《倪宏伟＜组诗＞：古典与意象，青衣与抒情》，刊发于《中国作家网》《银川日报》。倪宏伟多次来电话邀请我到他和陆杨生活的那个"熊猫小城"，休闲旅游、文学采风，但因琐事缠身终未能成行，陆杨为此嗔怪我许久。

当倪宏伟诗集《唐代百首经典古诗抒情》的样稿摆在案头时，我仔细阅读，同频感受到古典与现代融合的诗意流淌，欣喜其传承方式与诗歌技巧的变化，对那片古老的土地生长出的诗歌产生了浓厚兴趣。

诗是一种情感的现实观照。诗人通过对大千世界自然万物的观察体验，触发一种复杂的心理活动，由此成为诗歌的源泉，让诗人抒写下片刻的所思、所想、所感。诗人与世界的情感链接，诞生了大量的优秀诗歌作品，我们徜徉其间，感知到世界的神秘、情感的多元。而诗集《唐代百首经典古诗抒情》另辟蹊径，以唐代经典古诗为参照物，吸收古诗的精髓和养分，用现代诗的手法进行创作尝试，拓展了诗作的新领域和天地。这种从古典出发叙写世间万物的探索，是一条新的路径，目前鲜有人尝试。此诗集带来的震动和影响，启迪了我对文学的思考。优秀传统文化如何传承弘扬？古典诗歌如何继承发展？诗集《唐代百首经典古诗抒情》给出了令人满意的答案。

李白在《望天门山》中云："天门中断楚江开，碧水东流至此回。/两岸青山相对出，孤帆一片日边来。"而在现代诗《竹筏为屐》中，倪宏伟写到："浪漫是骨子里潮动的声音/以竹筏为屐，游历心中的山河/听见纤夫的号子款款而来/楚江就跳出一个词，在晨光中/让两岸青山对峙/一叶孤帆悠悠驶来/与碧水汇入历史的光影/成为名句，成为诗人钟情的词根。"诗中浪漫气息氤氲，在历史的光影中，捕捉古代诗人的名句和钟情的词根。这是对李白《望天门山》的创意抒写，传递出一种崭新的诗歌意境。

李白的诗《姑孰十咏·谢公宅》："青山日将暝，寂寞谢公宅。/竹里无人声，池中虚月白。荒庭衰草遍，废井苍苔积。/唯有清风闲，时时起泉石。"而倪宏伟的现代诗《谢公宅》："青山压不住草芥的欲念，满眼白墙/恍如谢公祠的寂寞/一片竹叶，坠入倒影的皱褶/鱼儿在池塘虚度光阴/举杯独酌，与宣泄的情感叙旧/岁月的杯盏仍在倾倒/所有高洁的品格，都在坚韧的竹节上/庭院杂草丛生，废井长满苔藓/唯有清风悠闲的姿态/在夕光里，安抚涌动的岩泉。"该诗取材于古诗又超脱于古诗，诗意盎然，富有人生的哲理。

人是易耽于安逸的物种，当深陷苦痛与灾难时，会发自肺腑地呐喊呼号，并且会格外珍惜万物，但当无虑少忧时，便会变得贫乏、迟钝，缺少对美的捕捉、对苦痛的敏感。正因如此，文学是绽放在废墟之上的花朵，是盛开在冰山上的雪莲，是摇曳在荒漠里的纤草。杜甫见证了安史之乱后家国的衰败和生灵涂炭，因此其诗常常怀有对国家、社会、君主和人民强烈的关注和责任感，具有沉郁顿挫的特点。如《春望》："国破山河在，城春草木深。/ 感时花溅泪，恨别鸟惊心。/ 烽火连三月，家书抵万金。/ 白头搔更短，浑欲不胜簪。"胸怀天下、兼济苍生的思想在诗中得到充分体现。而倪宏伟的现代诗《春日如斜阳残照》："城门破碎，长安火光冲天 / 山河彷徨在朝廷的往事里 / 像孤独的花叶飘零 / 城内荒草萋萋，春日如斜阳残照 / 在风中摇摇欲坠 / 此时此景，满腹的感伤谁人能知 / 像花儿的泪溅落雨天 / 怅恨离别或许是尘世的流浪 / 鸟儿的悲鸣，让脆弱的内心惊惧不安 / 袅袅烽烟，三月未曾停息 / 一封家书珍贵无比 / 像亲人的思念，万金难买 / 头上白发越搔越少，发簪再无立足之地 / 仿佛国之屋脊，已在现实中坍塌。"

古长安冲天的火光，人们的怅恨离别或者尘世的流浪，都是社稷苍生的悲鸣，我们从两种诗体中感受到灵犀相通的文字。王维同样经历安史之乱，饱受颠沛流离之苦，其诗《九月九日忆山东兄弟》云："独在异乡为异客，每逢佳节倍思亲。/ 遥知兄弟登高处，遍插茱萸少一人。"而倪宏伟的诗《唤醒乡愁》："一片陌生的异乡山水 / 一个人在流浪的风里漂泊 / 重阳佳节已至，乡愁唤醒了故乡 / 远方的亲人重叠于记忆深处 / 思念是抑制不住的眼泪 / 遥想今日辰景，山东兄弟登高望远 / 头上插着茱萸以驱辟邪祟 / 唯独少了孤独的一人。""一个人在流浪的风里漂泊""思念是抑制不住的眼泪"，这些诗句的汇聚，解读了王维的思乡之情。

边塞诗是唐诗的重要板块，铸就了唐诗发展的黄金时期。现存唐之前的边塞诗不足二百首，而《全唐诗》中所收的边塞诗就达两千余首，不乏宏伟篇章。如王昌龄的《出塞》："秦时明月汉时关，万里长征人未还。/但使龙城飞将在，不教胡马度阴山。"李贺的《雁门太守行》："黑云压城城欲摧，甲光向日金鳞开。/角声满天秋色里，塞上燕脂凝夜紫。/半卷红旗临易水，霜重鼓寒声不起。/报君黄金台上意，提携玉龙为君死。"而倪宏伟的现代诗《边塞》："依旧是秦汉时代的明月，高远清冷/如一双迷惘已久的眼睛/依旧是秦汉岁月的边关，烽火连绵/闪过刀光剑影/将士出关戍边御敌，鏖战万里/始终未能回归故乡/倘若龙城的飞将军李广还健在/绝不会让胡马越过阴山。"《血染边塞》："敌兵蜂拥而至，犹如黑云翻卷/城墙似乎将要摧毁坍塌/将士们的铠甲，向着灿烂的阳光/像金鳞一般闪耀/满天号角声声，一片凝重的秋色/闪动无情的刀光剑影/将士殷红的血迹，浸透边塞的黄土/在寒夜中凝结成暗紫色/援军半卷红旗，长途奔袭/在易水岸边踹破敌营，骁勇搏杀/夜寒霜重，战鼓郁闷低咽/已失去往日的雷霆震撼之声/只为报答君王的恩遇/手持锋利宝剑，甘愿殉国血洒疆场。"凝重的诗句写出那种悲壮、无畏和报效家国的深厚情怀，让人拍手叫好。

在诗集中，古典与现代诗歌皆注重情感释放，呈现了一种穿越时空的情愫回归，为读者拓展了想象的空间。如李商隐的《夜雨寄北》："君问归期未有期，巴山夜雨涨秋池。/何当共剪西窗烛，却话巴山夜雨时。"倪宏伟的《雨夜乡愁》："你询问回家的日子/我踌躇再三，还未确定归期/此刻，巴山的夜

雨淅沥 / 敲打着我怅然若失的心绪 / 雨水涨满秋天的池塘 / 像思念的眼睛，含着盈盈泪光 / 何时我们才能相聚 / 在家乡的西窗下剪烛长谈 / 互诉这巴山夜雨的思念之情。"元稹的《离思五首·其四》："曾经沧海难为水，除却巫山不是云。/ 取次花丛懒回顾，半缘修道半缘君。"倪宏伟的《沧海情深》："沧海之水，在于经历一段邂逅 / 从蔚蓝的碧波之中 / 阅尽大海蕴藏的一往情深 / 世间江河之水，就变得相形见绌 / 陶醉过巫山变幻莫测的云雨 / 情感已有终身的托付 / 再无兴致欣赏名山大川的风景 / 即使经过千姿百态的万花之丛 / 也无意回头顾盼花蕊 / 这缘由，一半是修道的净心无染 / 一半是因为拥有你。"杜牧的《泊秦淮》："烟笼寒水月笼沙，夜泊秦淮近酒家。/ 商女不知亡国恨，隔江犹唱后庭花。"倪宏伟的《秦淮河畔》："烟霭朦胧，笼罩着寒冷的江水 / 明月的清辉洒满银色的沙洲 / 夜色很沉，船只停泊在秦淮河畔 / 靠近岸上灯影摇曳的酒家 / 卖唱的歌女词曲奢靡 / 不知道什么叫亡国之恨，隔着江水 / 仍在河对岸唱着玉树后庭花。"乡情、爱情和家国情交织，增添了诗的韵味和厚度，是诗人沉浸于古诗而又关注现实的一种真情写照。

　　对经典古诗进行翻新创作难度极大，面临诗歌意境、写作技术的严峻挑战，倪宏伟勇气可嘉。值得欣慰的是，倪宏伟的诗作克服了可能由此带来的平淡，令人耳目一新。如白居易的《看常州柘枝赠贾使君》："莫惜新衣舞柘枝，也从尘污汗沾垂。/ 料君即却归朝去，不见银泥衫故时。"倪宏伟的《柘枝舞》："跳柘枝舞，就不要吝惜精致的舞衣 / 这是一种动感的舞蹈，千变万化 / 一曲舞终，舞衣已沾染尘埃和汗水 / 料想使君即将返回朝廷/舞伎已疲惫不堪/这个演绎的过程，隐藏于幕后/或许使君见不到/她们身着银泥衫的那段时光。"刘禹锡的《乌衣巷》："朱雀桥边野草花，乌衣巷口夕阳斜。/旧时王谢堂前燕，飞入寻常百姓家。"倪宏伟的《乌衣巷的黄昏》："朱雀桥边凄清荒凉，野花杂草丛生/昔日繁华的影子消失在风里/乌衣巷口，断壁残垣的废墟上/一抹夕阳的余辉斜照/当年王导、谢安宅院宽敞的厅堂前/燕子在屋檐下穿梭飞翔/如今，已飞入寻常百姓家中/不再攀附于权贵。"古今互动，相得益彰，这是此诗集带给我的启示，相信广大读者会从中感受到景观意识、故土意识和归宿意识。

优秀的诗歌作品如同核裂变所释放出的能量，能够跨越历史的屏障、穿越时空的滞留。倪宏伟的诗集《唐代百首经典古诗抒情》遵从古典而又跳出古典，以娴熟的技巧融入微观现实和真挚的感情，在艺术上取得了意象美、词汇美、格律美的效果，构建了属于自己的象征体系，成功地传达了个体的感悟和对生命奥义的理解。相信他的诗歌会在岁月的砥砺中更加深邃和精美，更加深刻而广阔。

（赵华，著名作家，宁夏回族自治区作家协会副主席）

目　录

白居易篇 / 29

元稹篇　/ 69

杜牧篇　/ 81

刘禹锡篇　 / 93

王昌龄篇　/105

李贺篇　/115

李白篇

望天门山

天门中断楚江开，碧水东流至此回。
两岸青山相对出，孤帆一片日边来。

◎竹筏为屐

浪漫是骨子里潮动的声音
以竹筏为屐，游历心中的山河
听见纤夫的号子款款而来
楚江就跳出一个词，在晨光中
让两岸青山对峙
一叶孤帆悠悠驶来
与碧水汇入历史的光影
成为名句，成为诗人钟情的词根

黄鹤楼送孟浩然之广陵

故人西辞黄鹤楼，烟花三月下扬州。
孤帆远影碧空尽，唯见长江天际流。

◎ 黄鹤楼抒怀

山影触及水涯，有鹤展翅飞升
黄鹄矶上人去楼空
烟花三月，像一杯酒迷人的醇香
黄鹤楼前依依惜别故人
孤帆一叶，独念扬州盎然春意
世间命途多舛，唯知己难觅
眺望碧蓝的天际
长江之水顷刻翻腾如潮
难疏心中五味杂陈，天际一线尚远
风的影子，已随波奔流而去

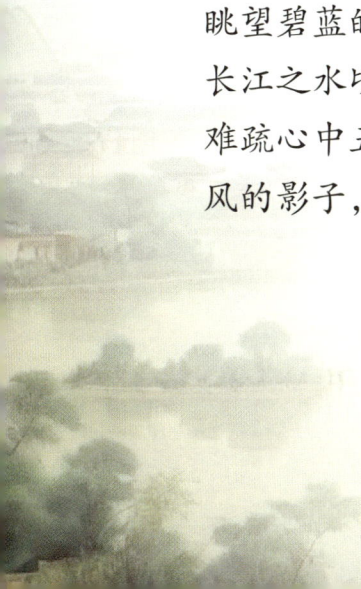

望庐山瀑布

日照香炉生紫烟，遥看瀑布挂前川。
飞流直下三千尺，疑是银河落九天。

◎ 悬崖之上有银河

香炉紫烟氤氲，阳光浅浅照射
像一袭飘动的霓裳
溪流的尽头已是水的末路
毁灭或者生存，只在一念之间
纵身跃下追逐一生的山崖
让不悔的抉择，宣泄情感堆积的泪水
山前路陡，有几尺才是真实的瀑布
悬崖之上有银河
泻落人间的水，恍如涅槃重生

下途归石门旧居

（节选）

石门流水遍桃花，我亦曾到秦人家。
不知何处得鸡豕，就中仍见繁桑麻。

◎石门俗事

石门流水潺潺，桃花盛开
如曾探秘的桃花源
花儿凋谢了几丛
桑枝就从农历的根系萌芽
何处可寻鸡猪
村落之中，仍见遍地长满桑麻
石头就掉进峡谷幽深的欲望
岩崖隐居的风，带走柳枝的柔发
一个人守着桃花相思
只有彻悟的流水，才能深度抵达

姑孰十咏·谢公宅

青山日将暝，寂寞谢公宅。
竹里无人声，池中虚月白。
荒庭衰草遍，废井苍苔积。
唯有清风闲，时时起泉石。

◎ 谢公宅

青山压不住草芥的欲念，满眼白墙
恍如谢公祠的寂寞
一片竹叶，坠入倒影的皱褶
鱼儿在池塘虚度光阴
举杯独酌，与宣泄的情感叙旧
岁月的杯盏仍在倾倒
所有高洁的品格，都在坚韧的竹节上
庭院杂草丛生，废井长满苔藓
唯有清风悠闲的姿态
在夕光里，安抚涌动的岩泉

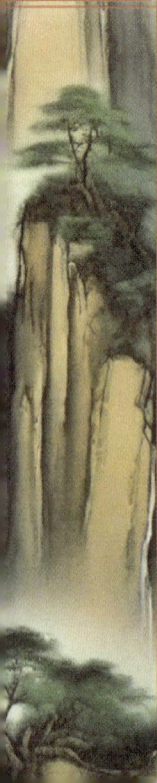

夜泊牛渚怀古

牛渚西江夜，青天无片云。
登舟望秋月，空忆谢将军。
余亦能高咏，斯人不可闻。
明朝挂帆席，枫叶落纷纷。

◎ 传说开始打捞明月

采石矶是搁置已久的心事
悬崖绝壁，奇石穿空
长江之水喧哗叩问
在虚幻的月色里，与浪涛为伍
树丛缓缓倾斜
谛听一阵惊骇诡秘的猿啼
传说开始打捞明月，于诗性的水中
触摸浪漫不羁的想象
在峰峦的边缘，亭阁飞檐翘角
带走我们仰视的目光

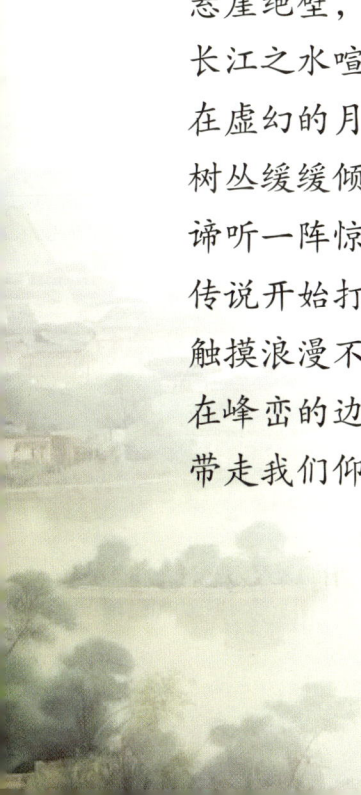

静夜思

床前明月光，疑是地上霜。
举头望明月，低头思故乡。

◎望月思乡

月光似霜，覆盖薄薄的惆怅
石井沉默寡言，栏杆泛动的光泽
如星星掀动的云彩
抬头望月，皎洁的光华扑面而至
有一种思念浸透内心
像故乡的雨滴，落入守望的叶子
低头长叹，一缕月色笼罩井沿
霜花兀自盛开，仿佛明月牵挂的情愫
嵌入远离的故土

姑孰十咏·姑孰溪

爱此溪水闲，乘流兴无极。
漾楫怕鸥惊，垂竿待鱼食。
波翻晓霞影，岸叠春山色。
何处浣纱人？红颜未相识。

◎ 姑溪河

舟楫弃岸，在草丛无所依归
姑溪河深不可测
鸥鸟的翅翼掠过眉间的云朵
像堆积的波光跌宕
诗意就走出舟楫，用词汇养育河流
仿佛一个女子幡然醒悟
在月光的梦呓里
掬水浣衣，等待迟来的雨天

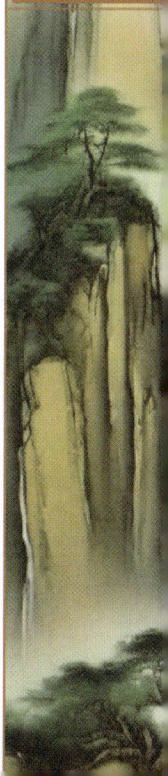

夜宿山寺

危楼高百尺，手可摘星辰。
不敢高声语，恐惊天上人。

◎山寺夜宿

山寺夜宿，禅语已绕堂而至
有烛影映窗，一朵人生的寂寞
开在岁月斑驳的红墙
藏经楼高耸夜空，百尺有余
而风不再念诵咒文
星辰闪烁如笛孔，执手可吹奏妙音
然，夜阑人静
声乐低婉，惧惮内心肆意放纵
惊扰天上神祇

早发白帝城

朝辞白帝彩云间，千里江陵一日还。
两岸猿声啼不住，轻舟已过万重山。

◎千里江陵

朝晖叠霞，白帝城影入云端
千里之外的江陵，一日可达
满腹的冤屈问谁索要公道
一缕忧思如云，从头顶飘向青天
船行高峡，两岸猿啼声声
人生的跌宕，犹如一叶单薄的轻舟
在浪尖上生存
拦不住的巫山云雨，打湿归来的睫毛
一重山在另一重山的后面
惊喜交加

赠汪伦

李白乘舟将欲行，忽闻岸上踏歌声。
桃花潭水深千尺，不及汪伦送我情。

◎ 村夫与诗人

村夫汪伦住在线装唐诗里
把酒言欢，守着一汪桃花潭
告别终有时，岸上响起踏歌声
村庄用隆重的礼遇送行
潭水没有虚意的尺度，如汪伦的深情
仿佛一种缘分的邂逅，相见恨晚
花瓣似的小舟顺流而下
剪不断的风，一直留在远去的船头

秋风词

秋风清，秋月明，
落叶聚还散，寒鸦栖复惊。
相思相见知何日，此时此夜难为情！

◎相见只是秋月的影子

秋风清冷，如明月惨白的寂寞
枯叶脱离枝条的拥抱
像相思的羽翎，难续情缘
寒鸦噤声，在沉默的树枝栖息
遥想当初的相遇，难知今日两地离愁
相见只是秋月的影子，情何以堪
长夜眷念的苦涩在疲惫的心上
只有秋风翻开回忆，让思念了无止境
如此牵绊，不悔也难

杜甫篇

春 望

国破山河在，城春草木深。
感时花溅泪，恨别鸟惊心。
烽火连三月，家书抵万金。
白头搔更短，浑欲不胜簪。

◎春日如斜阳残照

城门破碎，长安火光冲天
山河彷徨在朝廷的往事里
像孤独的花叶飘零
城内荒草萋萋，春日如斜阳残照
在风中摇摇欲坠
此时此景，满腹的感伤谁人能知
像花儿的泪溅落雨天
怅恨离别或许是尘世的流浪
鸟儿的悲鸣，让脆弱的内心惊惧不安
袅袅烽烟，三月未曾停息
一封家书珍贵无比
像亲人的思念，万金难买
头上白发越搔越少，发簪再无立足之地
仿佛国之屋脊，已在现实中坍塌

绝 句

两个黄鹂鸣翠柳，一行白鹭上青天。
窗含西岭千秋雪，门泊东吴万里船。

◎ 两只黄鹂鸟

两只黄鹂鸟，抖动鲜黄的羽翼
在挺拔的翠柳鸣叫
宛似枝叶间悬挂的彩云
一行整齐的白鹭，飞出田野的梦境
直冲湛蓝的天空
坐在梦幻的窗前，高耸的西岭近在咫尺
千秋雪像岁月堆积的古老
万里之遥，东吴的船舶远道而至
停留在已经打开的门前

春夜喜雨

好雨知时节，当春乃发生。
随风潜入夜，润物细无声。
野径云俱黑，江船火独明。
晓看红湿处，花重锦官城。

◎ 夜雨润春

一夜沛雨甘霖，感知时节的变幻
原野草长莺飞
万物蠢蠢萌动，像一片春光氤氲
细雨随风潜入梦乡
悄无声息，在浓稠的夜色里滋润生灵
田野的小径像一只迷失的鸟儿
牵绊着暗黑的雾岚
只有江上静止的渔船，灯火独明
像星星坠落的眼睛
晨望花枝已浸润雨露，一片浓艳的花红
点缀着美丽的锦官城

望 岳

岱宗夫如何？齐鲁青未了。
造化钟神秀，阴阳割昏晓。
荡胸生曾云，决眦入归鸟。
会当凌绝顶，一览众山小。

◎ 东岳泰山

泰山巍然耸峙，冠绝五岳
与天下美景比之何如？
走出古老齐鲁，山峦浩茫
依稀望见山色青黛，无边无际
大自然聚合天地之灵气
赋予泰山神奇秀美，阴阳分界迥然
若明暗之晨昏
云岚层叠，沟壑纵横
举目远眺，翩翩鹰鸟飞入山影
如梦翼浅浅回归
必将攀上那泰山峰顶，居高临下
俯览群山匍匐而卧

绝句二首·其二

江碧鸟逾白，山青花欲燃。
今春看又过，何日是归年。

◎ 乡愁似水

江上碧波似镜，蓝天映水
鸥鸟的羽翎愈加洁白
山峦青翠欲滴，花红重叠相映
像一片欲燃的火焰
眼见明媚的春天，又将从指间溜走
如江水无力挽留的流淌
不知何时，那一只落单的水鸟
才有回乡的归程

月夜忆舍弟

戍鼓断人行，边秋一雁声。
露从今夜白，月是故乡明。
有弟皆分散，无家问死生。
寄书长不达，况乃未休兵。

◎ 月是故乡明

戍楼上，鼓声鸣响示警
宵禁的风禁止游动，包括人的行走
秋已萧索，一声孤雁的哀鸣
从纷乱的边境传来，让人心生寒意
今夜，白露含在节令的眼眸
月色惨淡，像一片失血的肌肤
远不及家乡的月光明澈
虽有至亲兄弟，但皆离散天各一方
家园尽毁，无法相互打探消息
遥寄的书信，总是石沉大海
像枯叶在风中漂泊
盖因天下战乱，不能休兵太平

前出塞九首·其六

挽弓当挽强，用箭当用长。
射人先射马，擒贼先擒王。
杀人亦有限，列国自有疆。
苟能制侵陵，岂在多杀伤。

◎ 战争法则

强弓长箭，一把远距离的刀刃
力量与速度完美叠加
张弓拉弦，把急速的箭矢射向敌人
要先射他的坐骑
让他猝然人仰马翻，不死即伤
统帅是贼人的大脑
擒贼先擒贼的统帅，除掉贼的中枢
让贼人自乱阵脚，不战即溃
杀人也要恪守战争法则
切勿滥杀无辜
国与国之间，总归有自己的疆界
只要能制止敌人肆虐入侵
又何须，过多杀伤他们

登 高

风急天高猿啸哀，渚清沙白鸟飞回。
无边落木萧萧下，不尽长江滚滚来。
万里悲秋常作客，百年多病独登台。
艰难苦恨繁霜鬓，潦倒新停浊酒杯。

◎ 萧索秋景

狂风骤然呼啸，天色高远
听见猿猴凄厉悲鸣
水流清清，沙砾泛白。河洲之上
有鸟儿逆势盘旋
莽莽丛林，难以抵御风的摧折
秋叶萧萧飘落，像一群鸟影消失
望不见尽头的长江之水
滚滚奔腾而来，浪涛高过摇晃的帆影
万里之遥，悲凉萧索的秋景
感叹常年漂泊为客
一生之中疾病缠身，虚弱如豆
今仍能独自攀上高台
艰难的处境是一抹伤心泪
白发如霜，不知不觉已长满双鬓
失意的恍惚刚刚停止
又端上消愁的酒杯

登岳阳楼

昔闻洞庭水，今上岳阳楼。
吴楚东南坼，乾坤日夜浮。
亲朋无一字，老病有孤舟。
戎马关山北，凭轩涕泗流。

◎ 岳阳楼感怀

洞庭湖风光旖旎，天下之水
碧波万顷，鸟翼翩翩
今有幸登上名扬天下的岳阳楼
了却心中藏匿的遗憾
辽阔的吴楚大地，已被一水分割
日月轮回，星辰昼夜交替
如一缕历史的氤氲，飘浮于湖面
家中亲友至今尚无音信
病魔缠身，孤舟随风流浪漂泊
谁知北方边关烽烟又起
凭栏远眺，一片美丽的山河破碎
忍不住泪流满面

闻官军收河南河北

剑外忽传收蓟北，初闻涕泪满衣裳。
却看妻子愁何在，漫卷诗书喜欲狂。
白日放歌须纵酒，青春作伴好还乡。
即从巴峡穿巫峡，便下襄阳向洛阳。

◎ 忽闻捷报

剑门关外，忽传来收复蓟北的喜讯
乍听后不禁涕泪交下
沾湿单薄的衣裳。回头顾盼
妻儿的愁容已无影无踪
连忙拾掇诗书，止不住欣喜若狂
开心的日子应当引吭高歌
纵情畅饮美酒
让明媚的春光作伴，回归久别的故乡
此刻，思乡的心绪如鸟儿羽翼
仿佛飞越千山万水
从险峻的巴峡穿过巫峡
然后直下襄阳，回到古都洛阳
家园就在梦牵魂绕的眼前

孤 雁

孤雁不饮啄，飞鸣声念群。
谁怜一片影，相失万重云？
望尽似犹见，哀多如更闻。
野鸦无意绪，鸣噪自纷纷。

◎落单孤雁

一只落单的孤雁，如移动的影子
水食不进，饥肠辘辘
它在天空不停地飞翔着，长鸣呼唤
寻找不慎失散的雁群
有谁怜爱它在辽阔无垠的大地上
投下一片寂寞的孤影
长相厮守的同伴，早已不知所踪
似乎远在万里重云之外
它孤单地飞翔着，努力寻找
望尽天涯，仿佛看见雁阵在前方
它哀鸣不已，好像听到同伴的呼应
野鸦不理解它失落的心绪
只顾自己不停地聒噪，吵嚷纷纷

月 夜

今夜鄜州月，闺中只独看。
遥怜小儿女，未解忆长安。
香雾云鬟湿，清辉玉臂寒。
何时倚虚幌，双照泪痕干。

◎ 月夜思亲

今夜，鄜州天空的那轮明月
像一片朦胧的情愫
只有你在寂寞的闺房，独自遥望
辗转漂泊，羁旅他乡
可怜幼小的儿女
还不懂得思念的心酸
香浓的雾气，打湿了你的鬟发
清冷的月辉，映照在你的玉臂
陡生寒凉。什么时候才能肩并肩
倚靠在单薄的窗帷前
让月光照干我们脸上的泪痕

杜甫篇

27

白居易篇

钱塘湖春行

孤山寺北贾亭西，水面初平云脚低。
几处早莺争暖树，谁家新燕啄春泥。
乱花渐欲迷人眼，浅草才能没马蹄。
最爱湖东行不足，绿杨阴里白沙堤。

◎ 西湖春景

孤山寺以北，贾亭以西
春水初涨，湖面与堤岸平齐
云霭低垂，同泛动的波光连成一片
几只早春的黄莺
争相栖落阳光映照的树丛
谁家的屋檐下，飞来南方回归的燕子
忙着衔泥筑巢
五彩缤纷的野花渐次绽放
让人眼花缭乱
浅浅的青草刚没过马蹄
最爱湖东那一带的景致，游兴无尽
杨柳成荫，覆盖一条白沙堤

赋得古原草送别

离离原上草，一岁一枯荣。
野火烧不尽，春风吹又生。
远芳侵古道，晴翠接荒城。
又送王孙去，萋萋满别情。

◎ 芳草离情

原野空旷，青草茂盛蔓延
铺向一望无际的天边
年年岁岁枯萎了，又萌发新绿
像生命在世界的轮回
野火肆虐燎原，焚烧不尽
草叶纤细的根脉
春风吹来，沐着温煦的光影
它又焕发勃勃生机
远处的芳草，逐渐侵没了古道
明媚的阳光下，一片繁茂的碧绿
连接着荒凉已久的古城
又送好友踏上远行的路途
萋萋芳草，也满怀离别之情

暮江吟

一道残阳铺水中，半江瑟瑟半江红。
可怜九月初三夜，露似真珠月似弓。

◎暮江微语

暮色低垂，一枚残阳倒映水中
暮江漂浮着柔和的韵致
江水一半呈碧绿，一半呈红艳
像油画里梦幻的色彩
九月初三之夜多么怡人
水的秘密，都躲藏在暮江朦胧的怀里
岸边草叶上的露水如珍珠
挂着一颗晶莹的心事
一轮新月从天边缓缓升起
像精巧的弯弓，放射出皎洁的月华

忆江南

江南好，风景旧曾谙。
日出江花红胜火，春来江水绿如蓝。
能不忆江南？

◎江南好

江南好，总是充盈流水的旖旎
美丽如画的风景似曾相识
像一阵和煦的风吹来，带着芬芳
晨鸟啁啾，日出东方
江边盛开的花朵红鲜如霞彩
胜过燃烧的火焰
一汪江水碧绿，绿得逾越那丛蓝草
怎能叫人不怀念江南

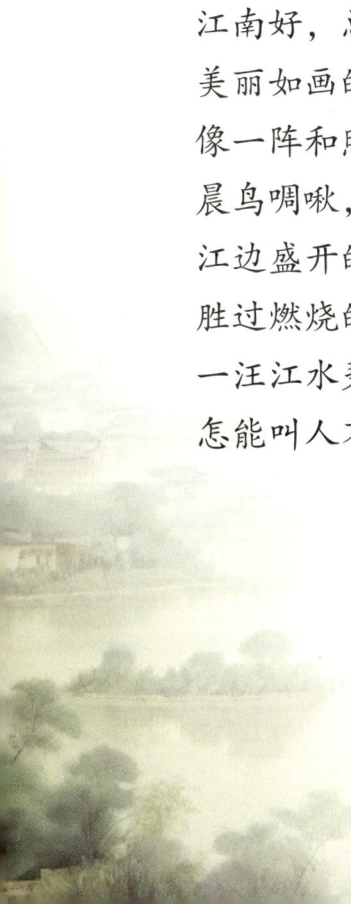

大林寺桃花

人间四月芳菲尽，山寺桃花始盛开。
长恨春归无觅处，不知转入此中来。

◎ 古寺桃红

人间四月，一片芳菲纷纷凋零
落尽滞留的残红
高山古寺的桃花，才刚刚盛装炫服
如羞涩的云朵
常为春天的消逝，无处寻觅而怅恨
感叹时光的指针划过年轮
却不知桃花已盛开在大林寺
聆听缥缈的梵音，如火焰般绽放

问刘十九

绿蚁新醅酒，红泥小火炉。
晚来天欲雪，能饮一杯无？

◎冬夜煮酒

新酿的米酒，浮起绿色泡沫
醉人的醇香氤氲缱绻
小红泥炉燃得殷红，温暖的火焰
驱除冬日的寒冷
暮霭垂落在窗前，天色已晚
风雪将至
能否共饮一杯温热的米酒

池　上

小娃撑小艇，偷采白莲回。
不解藏踪迹，浮萍一道开。

◎莲乡小孩

在莲乡，一个顽皮的小孩
撑着小船驶进青青池塘
莲叶漂浮在水面上，像一把把绿伞
小孩偷偷采下白莲
环顾四周杳无人影，又撑着小船回来
他不知道怎么掩藏行踪
总以为自己做得天衣无缝
却不知，那些覆盖在水面的浮萍
留下了小船儿划过的痕迹

池上早夏

水积春塘晚，阴交夏木繁。
舟船如野渡，篱落似江村。
静拂琴床席，香开酒库门。
慵闲无一事，时弄小娇孙。

◎ 早夏时光

晚春雨霁
池塘积水盈盈，如早夏张望的眼睛
草木繁茂，枝叶纵横交错
散乱的小船，停靠在荒凉的渡口
透过稀疏的篱笆墙
好似一个僻静的江村
静下心来，坐在床席上抚琴一曲
打开酒库的门，有醇香扑鼻
邀约明月对酌
整日慵闲无所事事
时不时，逗弄可爱的小娇孙

清明夜

好风胧月清明夜，碧砌红轩刺史家。
独绕回廊行复歇，遥听弦管暗看花。

◎ 清明之夜

清明之夜，微风的羽翼掀动衣衫
一片月色朦胧
青石台阶和高大的红墙分外醒目
那是刺史的府宅
独自绕着回廊时走时歇
听到远处弦管之声，缥缈的音韵
触动内心的柔情
于是停下脚步，默默欣赏花枝

重到毓村宅有感

欲入中门泪满巾，庭花无主两回春。
轩窗帘幕皆依旧，只是堂前欠一人。

◎ 重回毓村

重回毓村，心头泛起一阵伤感
欲跨入宅院的中门
泪水顿时夺眶而出，打湿手里的帕巾
庭院里的花木美丽绽放
经历两个春天，却依然没有主人照顾
轩窗和帘幕还是旧时的模样
只是堂前少了一个人
让熟悉的宅院，变得沉寂

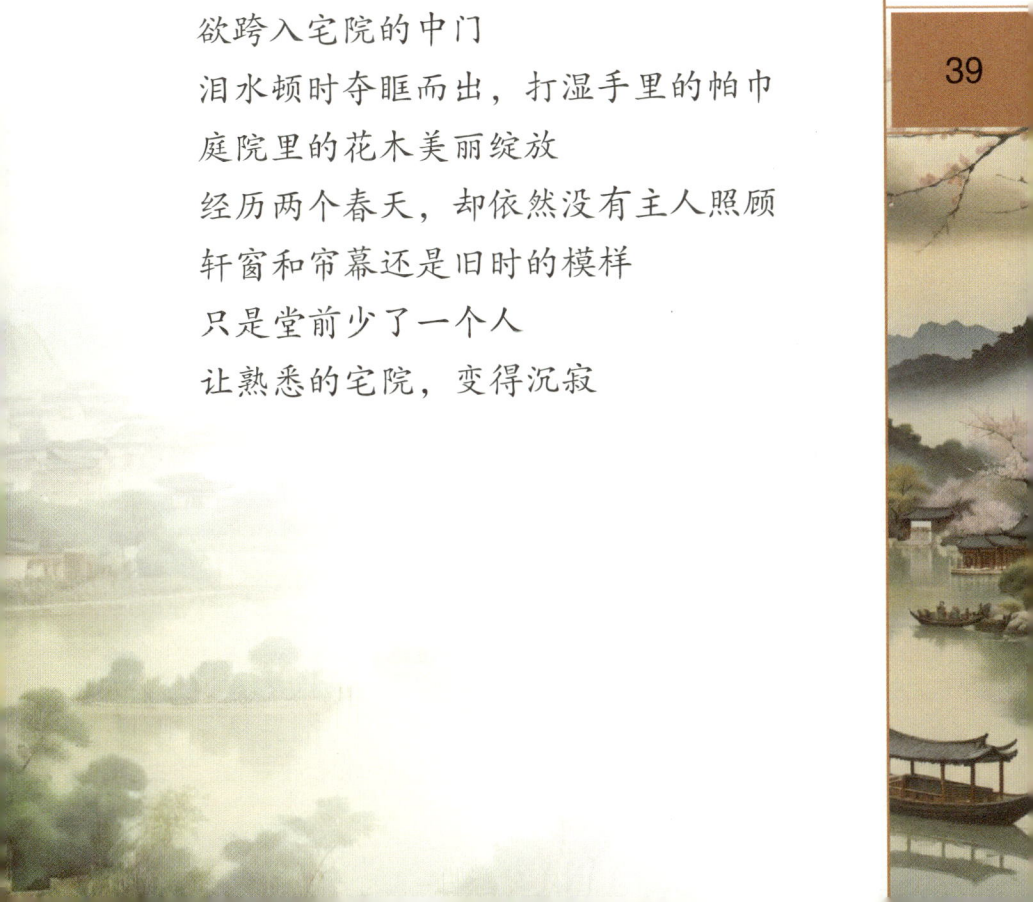

看常州柘枝赠贾使君

莫惜新衣舞柘枝，也从尘污汗沾垂。
料君即却归朝去，不见银泥衫故时。

◎柘枝舞

跳柘枝舞，就不要吝惜精致的舞衣
这是一种动感的舞蹈，千变万化
一曲舞终，舞衣已沾染尘埃和汗水
料想使君即将返回朝廷
舞伎已疲惫不堪
这个演绎的过程，隐藏于幕后
或许使君见不到
她们身着银泥衫的那段时光

村　夜

霜草苍苍虫切切，村南村北行人绝。
独出前门望野田，月明荞麦花如雪。

◎ 乡村之夜

一丛被秋霜打过的草叶
灰白色的，小虫在窃窃私语
村落周围一片凄清寂静，杳无人迹
独自走出宅院的前门
向空旷的田野深处眺望
一抹皎洁的月色
照耀着一望无际的荞麦田
麦花如雪，洁白耀眼

王维篇

鹿　柴

空山不见人，但闻人语响。
返景入深林，复照青苔上。

◎山野苍茫

山野苍茫，未见人影走动
风推开树林浓密的叶子
听见人语喧闹，被虚幻的真相掩藏
夕晖反射的光影落入森林
一队蚂蚁忙着搬运寂寞，空旷的山峦
青苔上泛动岁月的微光
如一个人面对藤蔓，在幽暗处怀旧

山居秋暝

空山新雨后，天气晚来秋。
明月松间照，清泉石上流。
竹喧归浣女，莲动下渔舟。
随意春芳歇，王孙自可留。

◎ 乡野秋月

微雨初霁，山野恍若丹青水墨
天色渐渐暗淡，秋意浸透单薄的身子
松林向晚，月光漏过松针的缝隙
洒下斑驳光影
半隐山居，看破乡野之外的红尘
有清泉淌过冥顽的山石
固守一种情怀。竹林深处喧哗一片
浣衣的女子踏月归来
莲叶轻摇，渔舟在水中游荡
春日的芳菲不妨随它散尽浮华
眼前的秋景，仿佛随性的修行
足以让我流连久居

鸟鸣涧

人闲桂花落，夜静春山空。
月出惊山鸟，时鸣春涧中。

◎ 月光浮动

人生纵有闲情，并无颓废的欲念
一片暮色覆盖山峦的胸怀
春桂花无声坠落，仿佛盎然的生机
从空寂的土地长出悟性
月光浮动在树上，与沉默的叶子相拥
让栖息的鸟儿虚惊一场
溪涧穿过梦境，声音忽高忽低
如岁月流动不止

辛夷坞

木末芙蓉花，山中发红萼。
涧户寂无人，纷纷开且落。

◎辛夷花

辛夷花，摇曳在挺拔的树杪
让一朵花语接近秋天
鲜红的花萼，绽放于空旷的山中
像羞涩的容颜，等待一个人
溪涧静寂，掩饰内心思念的忐忑
张望的远方人迹杳无
辛夷花孤芳自赏，又含怨掉落

竹里馆

独坐幽篁里，弹琴复长啸。
深林人不知，明月来相照。

◎ 闲坐于红尘之外

竹林深深，藏着幽静的谜语
闲坐于红尘之外
独自弹奏音乐，不沾染尘埃
长啸伴着琴曲
面对山林娓娓倾诉，却无人聆听
只有一轮明月善解风情
在静默中与我相伴

画

远看山有色，近听水无声。
春去花还在，人来鸟不惊。

◎ 山色含黛

远望山色含黛，如神秘的女子
夹带几分古典婉约
一种寻觅的欲念，被风的好奇撩动
走近山野的林丛
却不闻泉溪流淌的声音
暮春的飘逝，只留下石头的记忆
而花儿依然盛开
靠近一棵古木，鸟儿不惊不飞

山 中

荆溪白石出，天寒红叶稀。
山路元无雨，空翠湿人衣。

◎荆　溪

羸瘦的冬天，荆溪也瘦弱下来
在流淌的失意里
嶙峋的石头冒出缱绻的溪水
那附着于寒冷的红叶
像醒目的印记，挣扎着惆怅
山路连接世界赐予的通道
一朵祥云在晴朗的天空俯瞰
而苍翠的山色浓稠似水，似乎
已沾湿人的衣裳

送元二使安西

渭城朝雨浥轻尘，客舍青青柳色新。
劝君更尽一杯酒，西出阳关无故人。

◎西出阳关道

春天的晨曲总是充满离愁
微雨已打湿往事的尘埃，木窗之外
柳色泛翠，鸟语啁啾
一杯酒停留于唇齿，再换盏喝一杯
千言万语比肩上的行囊更沉
远去的背影如依依不舍的柳絮
西出阳关道，再难以见到故人
独自走进异乡的梦里
让闪烁的泪光思念

九月九日忆山东兄弟

独在异乡为异客，每逢佳节倍思亲。
遥知兄弟登高处，遍插茱萸少一人。

◎ 唤醒乡愁

一片陌生的异乡山水
一个人在流浪的风里漂泊
重阳佳节已至，乡愁唤醒了故乡
远方的亲人重叠于记忆深处
思念是抑制不住的眼泪
遥想今日辰景，山东兄弟登高望远
头上插着茱萸以驱辟邪祟
唯独少了孤独的一人

皇甫岳云溪杂题五首·莲花坞

日日采莲去，洲长多暮归。
弄篙莫溅水，畏湿红莲衣。

◎采莲女

江南有采莲女，在晨暮
手拿灵巧的钩具
从碧绿的秆柄摘下莲蓬
莲塘青青，阔大的叶子覆盖水乡
晚归的脚步总是沾满月色
带走江南的宁静
轻撑竹篙
唯恐溅起一片清凉的水花
打湿红莲花颜色的衣裳

相　思

红豆生南国，春来发几枝。
愿君多采撷，此物最相思。

◎相思红豆

红豆是灵动的影子
根扎进思念的土壤，滋养情感
春意已跃上花萼
树荫覆地，生发了几多新枝
红艳的果实藏着谜语
像羞涩的等待
渴望有情的人儿多来摘取
世间万物，唯有它最懂得相思

红牡丹

绿艳闲且静，红衣浅复深。
花心愁欲断，春色岂知心。

◎牡丹花落

在碧艳的叶子上绽放春天
牡丹花或浓或淡
错落有致，如娴雅的女孩
时光易逝，春光不再驻于花枝
谁也无法阻挡季节的轮回
一场细雨就落英缤纷
牡丹愁肠欲断，暮春凋零的色彩
又怎知牡丹隐藏的心事

李商隐篇

锦　瑟

锦瑟无端五十弦，一弦一柱思华年。
庄生晓梦迷蝴蝶，望帝春心托杜鹃。
沧海月明珠有泪，蓝田日暖玉生烟。
此情可待成追忆，只是当时已惘然。

◎锦　瑟

精美的瑟啊，为何竟有五十根弦
一弦一柱都让人思念青春韶华
像庄生拂晓做梦
化为一只翩翩起舞的蝴蝶
又如望帝把自己的爱情和忧怨
寄托于杜鹃鸟的悲鸣
沧海之中，明月的倒影熠熠闪耀
鲛人流下的眼泪
像一颗颗璀璨的珍珠
阳光温暖照射，蓝田良玉的表面
仿佛升腾起一缕烟云
这份美好的感情，停留在回忆之中
当时以为寻常罢了，并不懂得珍惜

无题·相见时难别亦难

相见时难别亦难，东风无力百花残。
春蚕到死丝方尽，蜡炬成灰泪始干。
晓镜但愁云鬓改，夜吟应觉月光寒。
蓬山此去无多路，青鸟殷勤为探看。

◎ 相思之难

相见的日子很难，离别的时分更难
在这东风无力、百花凋零的暮春
春蚕结茧，直到死才停止吐丝
蜡烛燃烧成灰，流尽最后一滴烛泪
晨光中，对镜梳妆
只担忧盛美如云的鬓发会改变颜色
青春的容颜不再
长夜独自吟诗不寐，感觉冷月寒气侵人
此去蓬莱山不远，希望有青鸟一样的使者
殷勤地为我前往探看

夜雨寄北

君问归期未有期，巴山夜雨涨秋池。
何当共剪西窗烛，却话巴山夜雨时。

◎ 雨夜乡愁

你询问回家的日子
我踌躇再三，还未确定归期
此刻，巴山的夜雨淅沥
敲打着我怅然若失的心绪
雨水涨满秋天的池塘
像思念的眼睛，含着盈盈泪光
何时我们才能相聚
在家乡的西窗下剪烛长谈
互诉这巴山夜雨的思念之情

无题二首·昨夜星辰昨夜风

昨夜星辰昨夜风，画楼西畔桂堂东。
身无彩凤双飞翼，心有灵犀一点通。
隔座送钩春酒暖，分曹射覆蜡灯红。
嗟余听鼓应官去，走马兰台类转蓬。

◎ 昨夜星辰

昨夜星辰与风，出现在生命之中
让我刹那间感受到怦然心动
酒筵设在画楼西畔，桂堂之东
我们身上虽没有彩凤的羽翼
但内心却像拥有灵犀一般，息息相通
我们玩着隔座送钩的游戏
喝着暖暖的春酒，分组射覆
明亮的烛灯，映红了羞涩的脸颊
可叹啊，听到更鼓声要去官府应卯
策马赶往兰台，像蓬草随风飘转

乐游原

万树鸣蝉隔岸虹，乐游原上有西风。
羲和自趁虞泉宿，不放斜阳更向东。

◎ 乐游原

盛夏时节，万丛葳蕤的树木上
蝉鸣此起彼伏
惊扰了河对岸那抹绚烂的虹彩
乐游原上，西风轻拂着草叶
羲和驾着太阳车，一直走到日落黄昏
停下轮毂休憩
不肯让夕阳掉头向东，重新升起

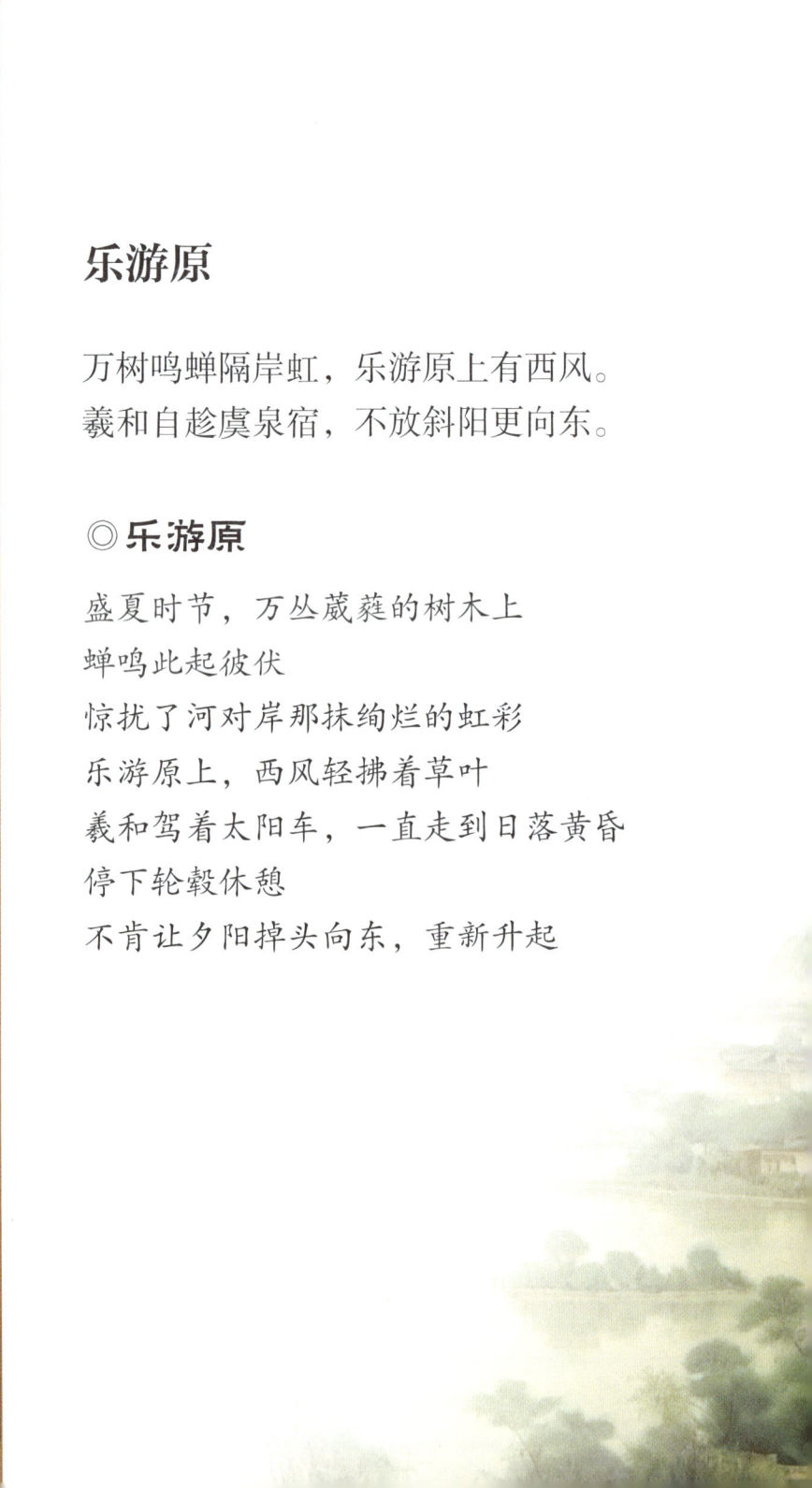

乐游原

向晚意不适，驱车登古原。
夕阳无限好，只是近黄昏。

◎ 黄　昏

向晚时分，天色渐渐暗淡
事物包裹在晕染的霞彩之中
心绪陡感不适
驱车登上乐游古原
让清爽的微风把郁结的烦忧遣散
夕阳无限美好
只是已经抵近岁月的黄昏
绚丽的时光终究短暂，如昙花一现

嫦　娥

云母屏风烛影深，长河渐落晓星沉。
嫦娥应悔偷灵药，碧海青天夜夜心。

◎ 嫦娥仙子

烛光摇曳，似乎越来越黯淡
云母屏风上映照着一层深黛的暗影
长长的银河渐渐斜落
启明星隐隐沉沦，在天际消失了影踪
嫦娥仙子想必十分懊悔
当初偷吃了灵药，以致幽居月宫
只有那碧海青天
陪伴一颗孤独寂寞的心

晚　晴

深居俯夹城，春去夏犹清。
天意怜幽草，人间重晚晴。
并添高阁迥，微注小窗明。
越鸟巢干后，归飞体更轻。

◎傍晚雨霁

深居简出，过着清幽的日子
俯瞰夹城，春天悄然逝去
初夏时节，清爽宜人
天意怜惜拘囿于幽静之地的小草
摆脱雨水的浸泡和折磨
人间也格外珍惜这傍晚雨霁的晴天
更上高阁凭栏远眺，天高地迥
夕阳的余晖透过窗棂，洒落一片光影
越鸟的窝巢已经晒干
傍晚归来时，飞翔的姿态愈加轻盈

贾 生

宣室求贤访逐臣，贾生才调更无伦。
可怜夜半虚前席，不问苍生问鬼神。

◎ 汉文帝与贾谊

汉文帝求贤心切，在未央宫前殿
召见被贬谪的贤臣
或许陡然的变化，让人们怀揣期待
贾谊的才华与品格出类拔萃
更是无与伦比
可叹啊，汉文帝与贾谊谈至深夜
身体还不断趋向前
不问治国安民的大计和百姓的疾苦
却问询鬼神迷信之事
让人索然无趣，心寒不已

安定城楼

迢递高城百尺楼，绿杨枝外尽汀洲。
贾生年少虚垂泪，王粲春来更远游。
永忆江湖归白发，欲回天地入扁舟。
不知腐鼠成滋味，猜意鹓雏竟未休。

◎ 安定城楼怀想

高大绵延的城墙，耸立百尺高楼
攀登眺望，远处绿杨枝叶繁茂
泾水岸边，一片沙洲跃然眼前
年少有为的贾谊垂泪而泣
联想到自己多次进谏未被采纳
郁郁难安，其泪水也是白白流淌
春日里，王粲又开始远游
逃离世间的纷扰，放松心灵的负累
一直渴望功成名就之后
白发婆娑，乘一叶扁舟归隐江湖
哪料到小人会把腐臭的死鼠当成美味
竟对鹓雏猜忌不休

无题四首·飒飒东风细雨来

飒飒东风细雨来，芙蓉塘外有轻雷。
金蟾啮锁烧香入，玉虎牵丝汲井回。
贾氏窥帘韩掾少，宓妃留枕魏王才。
春心莫共花争发，一寸相思一寸灰。

◎ 相　思

东风渐飒，蒙蒙细雨飘然而至
荷塘外传来声声轻雷
金蟾啮锁状的香炉，星火点点
一缕浓郁的香气弥散开来
玉虎似的辘轳，牵引绳索汲取井水
贾氏隔帘偷窥韩寿
私慕他年轻俊秀，芳心暗许
宓妃赠送玉枕，钦慕曹植文采
怀春之心，千万莫与春花争相竞放
一段相思最终让美好的爱情落空
化作一片难言的灰烬

元稹篇

离思五首·其四

曾经沧海难为水，除却巫山不是云。
取次花丛懒回顾，半缘修道半缘君。

◎沧海情深

沧海之水，在于经历一段邂逅
从蔚蓝的碧波之中
阅尽大海蕴藏的一往情深
世间江河之水，就变得相形见绌
陶醉过巫山变幻莫测的云雨
情感已有终身的托付
再无兴致欣赏名山大川的风景
即使经过千姿百态的万花之丛
也无意回头顾盼花蕊
这缘由，一半是修道的净心无染
一半是因为拥有你

行 宫

寥落古行宫，宫花寂寞红。
白头宫女在，闲坐说玄宗。

◎ 古行宫

古行宫，陷入一片荒凉冷清
富丽堂皇的影子
仿佛还在往事中歌舞升平
宫中艳丽的花儿于寂寞中孤芳自赏
如岁月残留的痕迹
那些沉重的石头长出颓废的苔藓
幸存的宫女在画像里闲坐
小声议论着，唐玄宗的轶事

樱桃花

樱桃花，一枝两枝千万朵。
花砖曾立摘花人，窣破罗裙红似火。

◎ 花的心事

樱桃花，挣脱冬天的束缚
在温暖的阳光里绽放
一枝，两枝，汇成千万朵火焰
如春天涌动的花海
低矮的花砖上站着一个摘花人
踮着脚采摘羞涩的心事
一袭罗裙轻轻触碰摇曳的花枝
花瓣雨纷纷飘落
沾满裙裾，似火焰般红艳

菊　花

秋丛绕舍似陶家，遍绕篱边日渐斜。
不是花中偏爱菊，此花开尽更无花。

◎秋　菊

秋菊，泛动一丛丛金黄的花卉
像蝴蝶的羽翼，环绕木舍、院栏
在陶渊明诗意的旧居
让光影透过篱墙
品读谦谦君子的高洁
悬浮于山峦的夕阳正在下坠
呼啸的秋风乍起，满园百花萧索
唯有菊独自绽放
这种偏爱油然而生
菊影散尽，内心会涌起莫名的惆怅
苍凉的世界再也无花可赏

闻乐天授江州司马

残灯无焰影幢幢，此夕闻君谪九江。
垂死病中惊坐起，暗风吹雨入寒窗。

◎ 夜色寒冷

火焰沉寂，灯火的微芒即将消失
一片昏暗的光影在眼前摇曳
如夜晚的一个谜语
忽闻你遭人诬陷弹劾贬谪九江
重疾中的我蓦然惊愕
腾身从床榻坐起
一阵幽暗的风雨吹进锈蚀的窗户
如相似的境遇同病相怜
满腹挣扎的愁绪，愈加寒冷

遣悲怀三首·其二

昔日戏言身后意，今朝都到眼前来。
衣裳已施行看尽，针线犹存未忍开。
尚想旧情怜婢仆，也曾因梦送钱财。
诚知此恨人人有，贫贱夫妻百事哀。

◎ 世间的别离

曾经的戏言是你未卜先知
所述的身后事，今朝发生在眼前
你穿过的衣裳已快施舍完了
针线盒至今保存着，我不忍心打开
念想旧情，我也格外怜惜婢仆
也曾在睡梦中为你送来钱财
诚知死别之恨，世间人人都有
但回想贫贱的日子，夫妻相濡以沫
未享受幸福的别离，甚觉哀痛

酬乐天频梦微之

山水万重书断绝，念君怜我梦相闻。
我今因病魂颠倒，唯梦闲人不梦君。

◎梦的牵挂

千山万水阻绝书信往来
音讯闭塞如同云雾，飘忽迷离
不知窗外的世界变幻无常
忽然收到你寄来的信件
知道你惦念我，睡梦中为我担忧
而现在我因病神魂颠倒
忘记乡野的青瓦木舍，青青田园
只梦见那些毫不相干的闲人
偏偏未梦见你

明月三五夜

待月西厢下，迎风户半开。
拂墙花影动，疑是玉人来。

◎西厢月色

等待的心情，如一团焦灼的雾岚
月亮缓缓爬上陡峭的山崖
朦胧的光影落在西厢房
慵懒的微风，推开虚掩的窗户
一扇半开，探出头悄悄窥视
眼眸含情脉脉
墙上凌乱的花影随风摇曳
月色皎洁，聆听到情窦鸣奏的夜曲
窃以为，伊人已款款而至

离思五首·其一

自爱残妆晓镜中，环钗漫篸绿丝丛。
须臾日射胭脂颊，一朵红苏旋欲融。

◎ 残　妆

自己爱在清晨欣赏残妆
让美丽的容颜投影到锃亮的明镜
钗环缀满浓密的发丝
装扮头髻的高贵，气质的优雅
须臾之间，太阳已冉冉升腾
一抹光影映照在胭脂的脸颊上
仿佛一朵红艳的花儿，苏醒绽放
又渐渐融化开来

离思五首·其二

山泉散漫绕阶流，万树桃花映小楼。
闲读道书慵未起，水晶帘下看梳头。

◎ 早 闲

泉溪清冽，绕过平滑的石阶
缓慢淌动苏醒的时光
桃花一丛丛盛开，如绯红的纱绢
掩映着乡间宁静的小楼
我在楼上悠闲无事，随手翻阅道德经
慵懒的身子迟迟还未起床
隔着透明的水晶帘，偷偷看妻子
坐在妆台前梳头

杜牧篇

清　明

清明时节雨纷纷，路上行人欲断魂。
借问酒家何处有？牧童遥指杏花村。

◎清明时节

清明时节，细雨纷纷扬扬
忧伤的情绪难以抑制
路上走过的行人，神色哀愁
好似要断魂一样
欲饮薄酒，排遣心中的惆怅
向牧童打听何处有酒家
牧童牵着一头水牛，笑而不语
遥指远处的杏花村

山 行

远上寒山石径斜，白云生处有人家。
停车坐爱枫林晚，霜叶红于二月花。

◎晚秋红枫

深秋，石径弯弯斜斜
如梦的飘带
伸向高耸的山峦，凉意横生
白云缭绕的丛林，点缀着石墙石屋
隐约有山居人家
沿途的枫林胜景色彩绚烂
令人喜爱不已，不由地停车欣赏
严霜浸染的枫叶，经历秋寒的洗礼
红过二月鲜艳的花朵

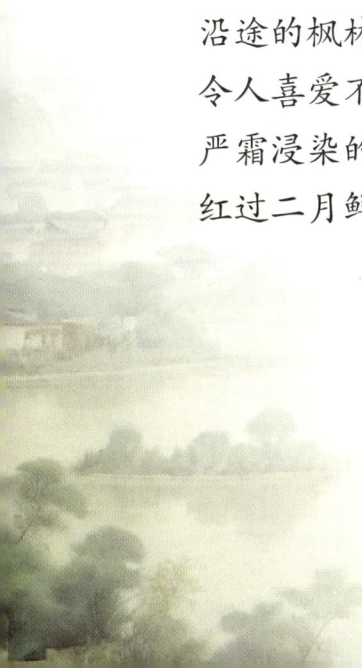

泊秦淮

烟笼寒水月笼沙，夜泊秦淮近酒家。
商女不知亡国恨，隔江犹唱后庭花。

◎ 秦淮河畔

烟霭朦胧，笼罩着寒冷的江水
明月的清辉洒满银色的沙洲
夜色很沉，船只停泊在秦淮河畔
靠近岸上灯影摇曳的酒家
卖唱的歌女词曲奢靡
不知道什么叫亡国之恨，隔着江水
仍在河对岸唱着玉树后庭花

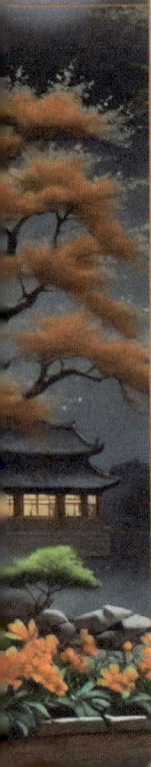

江南春

千里莺啼绿映红，水村山郭酒旗风。
南朝四百八十寺，多少楼台烟雨中。

◎ 春映江南

辽阔的江南，莺歌燕舞
绿树红花相映成趣，春意盎然
村寨临水，城郭依山麓而建
悬挂的酒旗迎风招展
南朝遗留下的四百八十多座古寺
香火缭绕，禅语声声
有多少亭台楼阁和尘封的往事
笼罩在朦胧的烟雨之中

赤　壁

折戟沉沙铁未销，自将磨洗认前朝。
东风不与周郎便，铜雀春深锁二乔。

◎赤壁怀想

折断的铁戟，沉没在泥沙之中
并未销蚀昔日的锋芒
自己把它细心磨砺和清洗
发现这是赤壁之战的遗物
倘若当年东风不给予周瑜方便
火攻之计大显神威
三国的结局就会推倒重来
曹操的铜雀台，或许已深锁东吴二乔
让江东唏嘘，懊恨无限

秋浦途中

萧萧山路穷秋雨，淅淅溪风一岸蒲。
为问寒沙新到雁，来时还下杜陵无。

◎ 羁旅途中

山路，笼罩着萧萧秋雨
一片枯叶的惆怅落坠于地上
淅淅溪风，摇动着岸边的蒲苇
眼前已刻满秋深的痕迹
寒意横生的沙滩上
一群新来安家的鸿雁，收翼停留
请问飞来之时
是否经过老家杜陵

题乌江亭

胜败兵家事不期，包羞忍耻是男儿。
江东子弟多才俊，卷土重来未可知。

◎ 乌江怀旧

战场上，胜败乃是兵家常事
事前难以预料
面对挫败，能够忍受羞愧和耻辱
才是真正的好男儿
江东子弟才俊出类拔萃
项羽若能重整旗鼓，卷土重来
楚汉相争，谁输谁赢还难以知晓

寄扬州韩绰判官

青山隐隐水迢迢，秋尽江南草未凋。
二十四桥明月夜，玉人何处教吹箫？

◎ 二十四桥上

远眺青山浅黛，绵延起伏
江水蜿蜒悠长，奔流不息
秋日已尽，江南依然碧绿滴翠
草木尚未枯萎
柔和的月光，映照在二十四桥上
泛动着朦胧的夜色
此刻，你躲藏在哪个神秘的角隅
让美人吹箫取乐呢

过华清宫绝句三首·其一

长安回望绣成堆，山顶千门次第开。
一骑红尘妃子笑，无人知是荔枝来。

◎ 荔枝谣

从长安回望富丽堂皇的骊山
只见花团锦簇，草木葱茏
山顶上，华清宫紧闭的千重门
依次打开厚重的门扉
荔枝古道一骑疾驰，尘土飞扬
只为博贵妃一笑
无人知道南方送来的荔枝鲜果
累死了多少马匹

登乐游原

长空澹澹孤鸟没，万古销沉向此中。
看取汉家何事业，五陵无树起秋风。

◎ 乐游原

长空无垠，一只孤鸟怅然飞翔
隐没于茫茫云海
亘古以来留存的遗迹
都销沉在荒芜冷寂的乐游原
试看历史上汉王朝何等壮阔的辉煌
如今又有什么可凭吊的呢
五陵原一片萧索荒凉，树影消失
只有萧瑟的秋风呼啸

刘禹锡篇

秋词二首·其一

自古逢秋悲寂寥，我言秋日胜春朝。
晴空一鹤排云上，便引诗情到碧霄。

◎秋日心绪

自古逢秋天，人们会徒增伤感
悲叹秋之寂寥萧索
可自己认为
秋日俨然胜过春天的景致
万里晴空，一群白鹤展翅高飞
排开飘浮的云层扶摇直上
自己兴奋不已的心绪
也随之，被带到碧蓝的天空
如一朵移动的云彩

浪淘沙

九曲黄河万里沙，浪淘风簸自天涯。
如今直上银河去，同到牵牛织女家。

◎ 黄河之水

黄河九曲回环，奔腾而至
万里沙砾金色闪烁
浪涛汹涌的冲刷和狂风的簸荡
来自遥远的天涯
现在，可以沿着黄河波澜壮阔之水
径直走上神秘的银河
一同去看星辰闪耀，跨过鹊桥
拜访牛郎织女的家

酬乐天扬州初逢席上见赠

巴山楚水凄凉地，二十三年弃置身。
怀旧空吟闻笛赋，到乡翻似烂柯人。
沉舟侧畔千帆过，病树前头万木春。
今日听君歌一曲，暂凭杯酒长精神。

◎ 人生无常

贬谪到巴山楚水荒凉之地
二十三年沦落的光阴
如同弃置在荒野的石头
怀念故旧惆怅不已，只能徒然吟诵
向秀闻笛而作的《思旧赋》
归来已是物是人非，像烂柯之人
翻覆的船侧边，仍有千帆飞渡
病枯的树前方，还有成千上万的林木
萌发春天的新叶
世事变化无常，不为挫折而迷失方向
今天聆听君赠予的诗篇，不胜感慨
暂且借这杯美酒滋长精神

竹枝词九首·其九

山上层层桃李花，云间烟火是人家。
银钏金钗来负水，长刀短笠去烧畲。

◎ 山居人家

山上桃李花朵盛开，层层叠叠
如一片热烈的霞彩
白云缭绕的山顶，烟火飘袅
山居人家，花木掩映
女人佩戴着闪亮的银钏金钗
到山下背水，开始一天的忙碌
男子手持长刀戴上短笠
到山上放火烧荒，耕种一年的日子

乌衣巷

朱雀桥边野草花，乌衣巷口夕阳斜。
旧时王谢堂前燕，飞入寻常百姓家。

◎ 乌衣巷的黄昏

朱雀桥边凄清荒凉，野花杂草丛生
昔日繁华的影子消失在风里
乌衣巷口，断壁残垣的废墟上
一抹夕阳的余辉斜照
当年王导、谢安宅院宽敞的厅堂前
燕子在屋檐下穿梭飞翔
如今，已飞入寻常百姓家中
不再攀附于权贵

竹枝词二首·其一

杨柳青青江水平，闻郎江上唱歌声。
东边日出西边雨，道是无晴却有晴。

◎ 羞涩的晴雨

杨柳青青，悬垂着细长的枝条
江水平阔如镜，倒映着云朵
岸边的少女，忽然听到江面歌声阵阵
那是情郎摇着小舟，击水而唱
似乎带着朦胧的情愫
黄梅季节的天气，难以捉摸
东边阳光灿烂，西边却下着蒙蒙细雨
说不是晴天吧，但它又是晴天
像天空一分为二，藏着爱情的羞涩

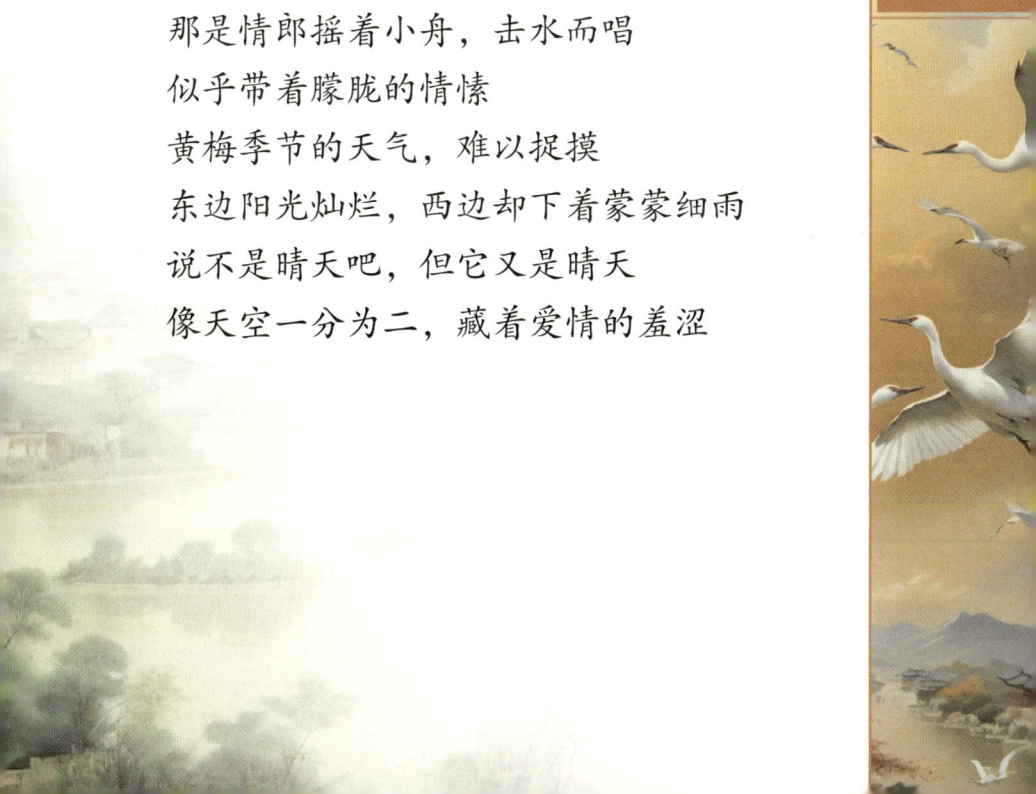

陋室铭

山不在高，有仙则名。
水不在深，有龙则灵。
斯是陋室，惟吾德馨。
苔痕上阶绿，草色入帘青。
谈笑有鸿儒，往来无白丁。
可以调素琴，阅金经。
无丝竹之乱耳，无案牍之劳形。
南阳诸葛庐，西蜀子云亭。
孔子云：何陋之有？

◎ 陋室不简

山不在高远，有神仙修炼就有盛名
水不在深浅，有蛟龙出没就有灵气
虽是一处简陋的房屋
只要自己品德高尚，就感觉不到简陋了
苔痕蔓延台阶，绿意盎然
草色映入竹帘，让房内郁郁青青
谈笑的都是知识渊博的学者
往来的不见一个浅薄无识之人
可以弹奏不加修饰的古琴，阅读金经
没有嘈杂的音乐扰乱双耳
没有繁忙的公务劳累身体
南阳有诸葛的草庐，西蜀有子云的亭子
孔子说："这有什么简陋呢？"

赏牡丹

庭前芍药妖无格，池上芙蕖净少情。
唯有牡丹真国色，花开时节动京城。

◎ 牡　丹

庭院里，大片的芍药花妖艳绽放
却欠缺格调
池塘里荷花矜持亭亭，高洁宁净
却缺少风情韵致
只有牡丹才是真正的天姿国色
花开的季节，掩映在绿叶扶疏之中
千姿百态，婀娜多姿
引来无数人欣赏，惊动了整个京城

望洞庭

湖光秋月两相和，潭面无风镜未磨。
遥望洞庭山水翠，白银盘里一青螺。

◎ 洞庭湖

洞庭湖风息浪止
粼粼湖光与皎洁秋月交相融和
湖面不见微风的衣袂
犹如未磨拭的铜镜，平滑光亮
远眺洞庭湖，山水苍翠如画
令人浮想联翩
山峦耸立于梦幻的湖光月色之中
好似洁白的银盘里，托着一枚
玲珑的青螺

再游玄都观

百亩庭中半是苔，桃花净尽菜花开。
种桃道士归何处，前度刘郎今又来。

◎ 玄都观

玄都观偌大的庭院，已是凋敝不堪
一半长满青苔，一半野草丛生
当年艳若霞彩的桃花，已荡然无存
只看见稀疏的菜花在开放
曾经风光无限的种桃道士，到哪儿去了
像粉红的桃花芳菲凋零
这个被贬出长安，性格倔强的刘郎
今天又来到熟悉的玄都观
像一场斗转星移的梦寐

金陵五题·石头城

山围故国周遭在，潮打空城寂寞回。
淮水东边旧时月，夜深还过女墙来。

◎石头城

山峦绵亘不绝，环绕着废弃的石头城
高低起伏的姿态并未改变
江潮拍打着寂寞的空城，又悻悻而回
昔日的繁华已化作沉默的沙砾
从秦淮河东边升起的明月悬挂已久
虽经时光蒙尘，仍是过去的那轮月亮
历史的沉寂都在夜阑人静
小心翼翼翻过凹凸的城墙
晃动的光影里，又在寻找什么呢

王昌龄篇

采莲曲

荷叶罗裙一色裁，芙蓉向脸两边开。
乱入池中看不见，闻歌始觉有人来。

◎ 采莲女

采莲女身着罗裙，像莲叶田田
与大片的碧绿融为一色
羞红的脸庞
如出水莲花盛开，相互映衬
闪入莲池重叠的莲叶
绿意盎然的深处，不见轻盈踪影
听到歌声袅袅升起
才发现莲池中，有人在低头采莲

出 塞

秦时明月汉时关，万里长征人未还。
但使龙城飞将在，不教胡马度阴山。

◎边 塞

依旧是秦汉时代的明月，高远清冷
如一双迷惘已久的眼睛
依旧是秦汉岁月的边关，烽火连绵
闪过刀光剑影
将士出关戍边御敌，鏖战万里
始终未能回归故乡
倘若龙城的飞将军李广还健在
绝不会让胡马越过阴山

芙蓉楼送辛渐

寒雨连江夜入吴，平明送客楚山孤。
洛阳亲友如相问，一片冰心在玉壶。

◎送　别

薄凉的冷雨，在夜色里潜入吴境
与江面连成一片
天明时分，依依送别好友
只留下楚山的孤影，在落寞中伫立
抵达洛阳，如有亲友牵挂相问
打听我在外漂泊的讯息，请转告之
我的心依然像玉壶里的冰一样纯洁
未受功名利禄的玷污

从军行七首·其四

青海长云暗雪山，孤城遥望玉门关。
黄沙百战穿金甲，不破楼兰终不还。

◎ 戍边壮歌

青海湖上乌云密布，一片黯淡
连绵雪山消失了晶莹的光泽
在边塞斑驳的城墙，遥望玉门雄关
远隔千里，烽火连天
黄沙漫漫无际，频繁的厮杀征战
磨穿了戍边将士身披的盔甲
而他们壮志未曾泯灭
不破楼兰进犯之敌，誓不返回家园

送柴侍御

沅水通波接武冈，送君不觉有离伤。
青山一道同云雨，明月何曾是两乡。

◎ 远　行

沅江的水路弯弯曲曲
淌过龙标的波涛，连接着武冈
送君远行
未曾感觉到一丝别离的悲伤
两地青山连绵相依
共享世间云卷云舒、雨露滋润
一轮明月朗照，沐浴皎洁的月华
又何曾是身处两地呢

闺 怨

闺中少妇不知愁，春日凝妆上翠楼。
忽见陌头杨柳色，悔教夫婿觅封侯。

◎闺中怨

闺中少妇目光清纯，脸色红润
未曾有过相思离别之愁
明媚的春日里，她精心梳妆打扮
兴高采烈登上翠楼
忽看见路边嫩绿的杨柳春色
惆怅落寞的情绪涌上心头
她后悔当初让丈夫离开自己
远赴边塞，建功封侯

塞下曲·饮马渡秋水

饮马渡秋水，水寒风似刀。
平沙日未没，黯黯见临洮。
昔日长城战，咸言意气高。
黄尘足今古，白骨乱蓬蒿。

◎ 大漠寂寥

牵马饮水，充盈衰竭的战力
打马飞渡湍急的秋水
河水如冰凌，寒冷刺骨
呼啸的秋风像一把锋利的刀子
广袤无边的沙漠，寂寥冷清
夕阳残喘于天际尚未下坠
昏暗之中隐约看见遥远的临洮
当年，长城曾有过激烈的鏖战
传说戍边将士的士气高昂
自古这里黄尘漫卷
遍地零乱的白骨，夹杂着枯萎的野草

长信怨五首·其三

奉帚平明金殿开，暂将团扇共徘徊。
玉颜不及寒鸦色，犹带昭阳日影来。

◎ 宫女的寂寞

天色微明，大门徐徐打开
宫女手拿扫帚，清扫宫殿的尘埃
因冷落心生愁怨，她手执团扇顾影徘徊
排解寂寞无聊的心绪
一只乌鸦，飞过金色的琉璃瓦
触动她伤感的内心
自己容颜美丽，却得不到君王的恩宠
不及浑身乌黑的寒鸦
只因寒鸦带着君主怜爱的宠信
从昭阳殿那边的日影飞来

春宫曲

昨夜风开露井桃，未央前殿月轮高。
平阳歌舞新承宠，帘外春寒赐锦袍。

◎春宫曲

昨夜的春风吹开了露井边的桃花
春色渐浓，草木换上了嫩绿的衣裳
未央宫前殿月轮高照
一片银辉泻地，如豪奢的宫坊毯
平阳公主能歌善舞的歌女
新承武帝宠幸。帘外春寒潮动
皇上心生爱怜，把华丽的锦袍赐予了她
唯恐她受到薄寒的侵袭

李贺篇

马诗二十三首·其五

大漠沙如雪，燕山月似钩。
何当金络脑，快走踏清秋。

◎ 大漠踏清秋

浩瀚大漠，沙砾随风飞扬
犹如覆盖一层白皑皑的霜雪
月亮高悬在连绵的燕山之上
好似一把弯钩，泛动朦胧的寒光
何时能得到皇帝格外的赏赐
给骏马佩戴上黄金打造的辔头
在这清秋的沙场上驰骋
建功立业呢

南园十三首·其五

男儿何不带吴钩，收取关山五十州。
请君暂上凌烟阁，若个书生万户侯。

◎ 书生情怀

男子汉为何不佩戴锋利的吴钩
奔赴疆场，捍卫江山社稷
去收取黄河南北割据的关山五十州
终止战乱的烽火
请你暂且登上凌烟阁
去看那绘制有开国功臣的画卷
又有哪一个书生
曾被皇帝册封为食邑万户的列侯

出　城

雪下桂花稀，啼鸟被弹归。
关水乘驴影，秦风帽带垂。
入乡试万里，无印自堪悲。
卿卿忍相问，镜中双泪姿。

◎ 回归故土

大雪纷扬，飘落在桂树上
凋零的桂花愈见疏稀
乌鸦被弹丸击中，悲鸣声声
带着伤痛的翅翼
关水倒映着骑驴落寞的背影
秦地朔风，吹打着帽子垂落的飘带
不远万里回到故土，感受家的温暖
未考取功名自愧悲伤
心爱的人儿忍住苦痛相问
只见镜中两个人，默默相对而泣
眼眶已盈满泪水

示 弟

别弟三年后，还家一日余。
酴醾今夕酒，缃帙去时书。
病骨犹能在，人间底事无。
何须问牛马，抛掷任枭卢。

◎贤 弟

转眼之间，与弟离别三年
回家重聚一日有余
仿佛未曾远离，抑或一场梦呓
今晚喝着酴醾美酒，忆及旧事
依然品味到三年前的醇香
看见离家时缃帙包裹的书籍
惹一身病痛还能活着回来
这人世间有什么事情不会发生
何必去问五木名色
抛掷出去，管它是枭还是卢

南园十三首·其六

寻章摘句老雕虫，晓月当帘挂玉弓。
不见年年辽海上，文章何处哭秋风。

◎ 天色欲明

在典籍中寻章摘句笔耕诗文
把一生都消磨在雕虫小技上
夜阑人静，一弯残月映照窗帘
像是悬挂着一张玉弓
天欲破晓，自己还在琢句谋篇
难道没有看见辽海一带战乱连年吗
即使写出像宋玉那样悲秋的文章
又有什么用呢

雁门太守行

黑云压城城欲摧，甲光向日金鳞开。
角声满天秋色里，塞上燕脂凝夜紫。
半卷红旗临易水，霜重鼓寒声不起。
报君黄金台上意，提携玉龙为君死。

◎ 血染边塞

敌兵蜂拥而至，犹如黑云翻卷
城墙似乎将要摧毁坍塌
将士们的铠甲，向着灿烂的阳光
像金鳞一般闪耀
满天号角声声，一片凝重的秋色
闪动无情的刀光剑影
将士殷红的血迹，浸透边塞的黄土
在寒夜中凝结成暗紫色
援军半卷红旗，长途奔袭
在易水岸边踹破敌营，骁勇搏杀
夜寒霜重，战鼓郁闷低咽
已失去往日的雷霆震撼之声
只为报答君王的恩遇
手持锋利宝剑，甘愿殉国血洒疆场

南园十三首·其一

花枝草蔓眼中开，小白长红越女腮。
可怜日暮嫣香落，嫁与春风不用媒。

◎ 花的姻缘

绯红的春天，满眼百花盛开
摇曳的花枝上，嫩绿的草蔓里
绽放鲜艳的色彩，红白相映
宛若越女羞涩的香腮
可惜黄昏降临，落日缓缓坠落山崖
娇艳芬芳的花儿纷纷凋零
被春风揽入怀中
好似一段姻缘，无须媒人作媒

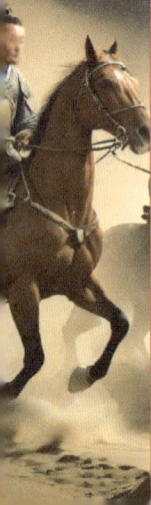

南园十三首·其二

宫北田塍晓气酣，黄桑饮露窣宫帘。
长腰健妇偷攀折，将喂吴王八茧蚕。

◎ 偷　桑

连昌宫北边的田垅上，晨雾缭绕
一片迷茫的光影笼罩村庄
嫩绿的桑叶沾满露水
触碰着垂挂的竹帘，窣窣有声
一个长腰健壮的女子
趁四周无人，偷偷攀折树上的桑叶
去喂养吴王宫里的八茧蚕

南园十三首·其三

竹里缲丝挑网车，青蝉独噪日光斜。
桃胶迎夏香琥珀，自课越佣能种瓜。

◎乡　趣

竹荫下，女子转动缲丝车
把蚕茧浸泡在滚烫的水里抽丝
竹枝上，青蝉儿在头顶鸣噪
直到阳光渐渐西斜
桃树分泌的胶脂，迎接夏日的到来
像散发着清香的琥珀
我亲自督率越籍佣工，把瓜儿种植